KB119481

뢴트겐행 열차

뢴트겐행 열차

시인수첩 시인선 005

황수아 시집

문학수첩

백지에 찍힌 마음의 발자국을 복원하며 생각했다.
그것들은 우연이면서 선택이었고
너무 쉬운 문제에 대한 오답과도 같았다고.

2017년 여름, 성남에서
황수아

| 차 례 |

시인의 말 · 5

뢴트겐행 열차 · 11

책갈피 · 13

우리는 두 번쯤 만난 적이 있다 · 14

잃어버린 문장 · 15

시를 쓰지 않으리 · 17

생존한다는 것 · 19

값싼 커피의 맛 · 21

불꽃 · 22

세렝게티의 노트 · 24

토네이도 · 26

가브리엘 마르케스 · 27

모죽(毛竹) · 28

바나나를 먹으며 · 29

도시, 빛, 간판 · 30

통굽 샌들 · 31

우리는 실존주의 강의를 들었지 · 33

부산행 열차 · 35

통조림 · 37

존재할 수 있을까 · 38

광화문에서 시청까지 · 39

추상적인 여자 · 41

청동좌상 · 43

바다는 나에게 · 46

구멍 난 풍경 · 47

형광색 잠바를 입고 있어서 괜찮아 · 49

접속 · 51

가방 · 52

바람의 깊이 · 54

희생 번트 · 56

불가피한 직유와 상투적 결말 · 57

맨홀 · 59

불립 문자 · 61

주민 센터 · 63

여름이 왔다 · 65

손가락 · 67

詩 · 69

댕댕댕 · 70

장갑 · 72

실루엣 · 74

손바닥 · 76

한 그릇 · 78

화석 · 80

불어 터진 밤은 언제나 늦게 · 81

존재의 가능성 · 83

버그 · 84

사진 · 86

2루타 · 88

P교수와 러브레터 · 90

서른 해 · 92

불확실성의 나비 · 94

64층 · 96

누구든, 아무도 · 98

검은 고양이 초록 눈망울 · 100

엉킨 낚싯줄을 풀어야 할까 · 102

일기장은 비어 있다 · 103

아버지의 집 · 105

온기 · 107

사라진 동굴 · 108

남아야 할 이유 · 110

해설 | 고봉준(문학평론가, 경희대학교 후마니타스 칼리지 교수)
'동굴'로 돌아가는 길 · 111

뢴트겐행 열차

끓는점에 도달하자 주전자가 경적을 울린다
어느 쓸쓸한 플랫폼에 서듯
떠나가는 소리와 돌아오는 소리를 동시에 듣는다
한 잔의 끓는 물로 열차는 어디까지 달릴 수 있을까

끓는점과 식는 점 사이에 레일이 있다
그 레일 위로 열차가 다니던 시절, 난 항상
등을 구부리고 다녔다
곧은 뼈를 가진 사람이 갈 수 없는 굽은 도시를 생각
하며
친구들은 대부분 뢴트겐행 열차를 탔다
되돌아온 친구는 바람을 벼려 손목을 그었지만
떠나거나 돌아오거나 어찌 됐든 우리는
서로에게 비겁자였다

주전자가 식는 동안
천천히 제 온도를 낮추는 젊음,
그 안에서 나는 너무 오랫동안 떠날 채비를 했다

김 서린 차창을 닫고
몸 밖으로 막 떠나가는 열차
그런 뒷모습을 더 이상 그리움이라 부르지 못할 것이
다

책갈피

그때 나는 침묵했고 곧 봄이 왔다.
목구멍에는 딱 한마디 말이 걸려 있었다.
뱉어 내려고 애를 쓸 때마다
몸에는 잎맥이 차오르고 나는 이유 없이 웃었다.
깔깔깔 웃음소리 위에 집을 짓는 매미 한 마리.

성격이 급한 매미는 곧 집을 벗어 놓고 떠나갔다.
나는 외로웠지만
행인들은 그것을 자연의 섭리라고 표현했다.
매미는 울음소리로 소식을 전해 왔다.

몸이 몸으로부터 잘려 나가는 가을,
나는 구겨진 몽타주가 되어
거리에 아무렇게나 굴러다녔다.
책갈피에 낙엽을 끼워 넣는 소녀들은
겨울이 오기 전에 책을 덮었고,
그 모호한 책갈피에서 나는
목에 걸린 한 줄의 문장을 타전했다.

우리는 두 번쯤 만난 적이 있다

너는 가로수길을 세로로 걸었고
나는 세로수길을 가로로 걸었다.

우리는 같은 방식으로 슬펐고
다른 방식으로 움직였다.

만남을 약속한 적은 없지만
우리는 같은 상점 앞에 서 있었다.
아주 잠깐이었다.

가로와 세로가 만나는 곳은 분명히 있다.
다시 시작될 문장처럼 교차로의 신호를 기다릴 때
서로를 무심코 바라보면서도 눈동자에 담지 못할 때

그러므로 우리는 두 번쯤 헤어진 적이 있다.
낯설지만 만난 적이 있고,
어깨를 부딪치며 어긋날 때는
이유 없이 슬픈 이유다.

잃어버린 문장

마키야토의 밤이 왔네
라테의 음악이 흐르는 카페에서
내가 주문한 것은 우유 거품
그리고 네가 서 있는 곳에 대해 말하자면
창밖이라네
쓰고 멀고 축축한 창밖이라네
이곳은 라테의 음악이 흐르는 기억
내가 주문한 것은 마키야토의 시
네가 서 있는 곳에 대해 한마디로 말하자면
동방의 뒷면 같은 창밖이라네
너는 젖은 채 떨고 있지만
네 뒤로, 네가 끝내 발설하지 않던 풍경이 흐르네
창밖은 쓰고 멀고 축축하고 유쾌하네 너는 가끔씩
단맛이 나는 문장

이곳은 라테의 음악이 흐르는 레테의 카페
기억의 뒷면 같은 실내의 공간이지
네가 드리운 가벼운 그림자를

인도풍 찻잔에 담으면 무슨 맛이 날까
고독한 여행자처럼 티스푼을 저어 보네
핸드밀 로스팅 드리퍼 드르륵
시큼한 그림자의 냄새
그림자를 잃어버린 너를 문장에 담을 수 있을 것 같네
그러나
네가 서 있는 곳은 여전히
창밖이라네 행간의 뒷면 같은 창밖이라네
노트 위로 하나 둘 셋 커피 방울
쓰고 멀고 축축한 커피 방울
우유 거품처럼 흩어지는 너
레테의 강으로 흘러가는 라테의 문장들

시를 쓰지 않으리

나, 시의 시구문(屍口門)에 와서야
늙은 손가락으로 더듬더듬
마음의 점자를 읽는다.
"모든 시작이 시작되고 끝이 끝날 무렵
기억이 망각을 만들고 망각이 기억을 부를 때쯤
시를 쓰지 않으리."

지나치게 순진한 사람이
시를 써 보았다는 건 다 살아 본 흉내를 내느라
일찌감치 노후했다는 것, 죽기 직전까지 노후했다는
것.

시를 쓰기 위해 마음은 수없이 무너뜨리면서도
삶은 한 번도 망가지지 않았으므로, 나에게 모순이란
한 사람을 오래도록 사랑하면서도
단 한 문장으로도 점화하지 못했던 마음
수천 개의 단어로도 통하지 못했던 우주
기억할 수도 잊을 수도 없는 새벽과

그 새벽을 닮은 행간, 그러므로 나,
더 이상 시를 쓰지 않으리.

쓰고 싶던 단 하나의 마음이
짧고 고약한 두통에 지나지 않는다는 걸
알게 되었으므로.

생존한다는 것

눈물의 온기는 아주 잠깐 머물다 사라지지.
굶주려도 서로를 비난하지 않는 까닭은
혓바닥에 여전히
먹이의 느낌이 남아 있기 때문이야.

뜨거운 사랑을 나누다가도
불안은 순식간에 나를 떨게 만들지.
검은 하늘에 헤아릴 수 없는 구멍이 뚫려
황금빛 고름이 쏟아지는,
이곳은 상처투성이

화려한 밤은
그러므로 상처의 가장 어두운 쪽 얼굴인 것을
빙산의 온도가 점점 높아지는 것을 보고 알았다.
굶주릴 때마다
삶의 온도만은 가장 낮은 곳으로 끌어당기는
일종의 무기력증만이
가장 강력한 생존의 무기임을.

그러므로 마음의 온도를
끝내 감춰 두어야 한다.

값싼 커피의 맛

학비 고지서를
주머니에 아무렇게나 구겨 넣으며,
나는 학교로 돌아가는 대신
스틸레토 힐을 신고 또각또각
가장 이국적인 이름의 커피를 파는
카페를 찾아다녔다.

하얀 머그잔에 갈색 설탕을 툭툭 뿌리면
산호세 북쪽 마을은 쉽게 떠오른다.
높은 해발 고도까지 힘겹게 기어올라
검붉은 화산 토양 밑 두꺼운 전공 책 한 권을 묻어 두
고
도망치듯 내려왔다.
뜨거운 커피의 시간은 열대성 폭우처럼 지나가 버리고
빗물은 모스 신호를 보내듯
카페의 창문을 두드린다.
복잡한 커피의 맛은 내가
가장 값싸게 구입할 수 있는 학문이었다.

불꽃

텅 빈 라이터 속에는 가 보지 못한 곳이 있다
있을 법한 불꽃을 숨겨 두던 젊은 날
수상한 연기가 어디 있냐고 묻는 이에게
다만 여기에 없다고 대답하던 시절
나는 간통보다 부적절한 누명을 쓰고
담배를 끊고도 무심결에 라이터를 줍는 연애를 한다

그리하여 공명을 다쳤노라고
푸른 불꽃 속에 상처를 관통하던 연기의 영혼
꿈을 꾸는 꿈, 불을 끄는 불, 기억하는 기억을 보고 난
뒤에야
없는 곳에 비로소 있는 그대에게 안달이 났다
결국 영영 닿지 못할 것처럼

무릇 젊음을 향해 찍은 발자국도
정처 없이 떨어진 담배꽁초도
누가 볼까 숨겨 두던 이별도
대책 없이 벌어진 일이다

이제 남은 일은
텅 빈 라이터로 불꽃을 점화하며
그대에게 연기를 빌리는 일

세렝게티의 노트

네가 올 필요는 없다
너는 그곳에서 나의 마지막을 지켜보라
곧 세렝게티의 긴 여정을 끝낼 것이다

물소 떼가 이마를 밟고 지나가는 밤마다
오래된 두통에 대해 기록했다
지층을 갈라놓는 이명을 들으며
나는 왜 그것이 실패의 문장인 줄 몰랐는가
날 밝으면 이유 없이 늪으로 걸어갔다
되돌아올 때마다 무너져 있던 베이스캠프
뭍에도 물에도 사랑은 없었다고,
숨을 죽여 우리의 멸종을 기록했다

믿을지 모르지만 이 초원을 지나면
내가 키우던 암사자가 나를 기다리고 있다
귀엽던 코끝은 더 이상 촉촉하지 않고
배고픈 손톱으로 나를 갈기갈기 찢을 것이다

세렝게티의 마음에서 빠져나와 송곳니를 드러내는 청
춘이여
네가 올 필요는 없다
다만 기록해 다오
내가 세렝게티에서 결국 패배했다고

토네이도

한때 나에게 진지했던 남자가 찾아왔다
토네이도가 몰아친 날이었다
우리는 깊고 비린 카페로 숨어들었다

한때 나에게 진지했던 남자가
바람 소리보다 가벼운 담배를 물었다
그동안 섹스한 여자들에 대해 그는 이야기했고
귀에 익은 교성이 찻잔 속으로 뛰어들었다

우리는 마주 앉았고
한때 나에게 진지했던 남자가
절정에 다다른 목소리로 이야기했다
토네이도는 문틈에 자신의 성기를 넣고 있었다

찻값을 계산하면서 그에게
어디로 가냐고 묻지 않았다
우리는 그저 카페에서 나와
서로 다른 돌풍 속으로 빨려 들었다

가브리엘 마르케스

그림자의 끝이 보이지 않는 사막
마음을 짊어지고 여행을 한다.
마음의 무게를 이기지 못한 다리가
휘청거린다.
공중에 시간의 화석이 새겨 있고
미어캣을 만나면 행운을 보는 곳.

기나긴 여행을 하여도
결국 삶은 단 한 문장으로 압축되므로
시를 쓰는 마음의 사막 한 켠,
자조적인 메아리 한 문장을 쓴다.
"나는 여행을 할 필요가 없었다."

모죽(毛竹)

너는 오랫동안 내가 보낸 이메일을
읽지 않았다.
나는 수신되지 않은 이메일에서
뿌리가 자라나고 있는 것을 보았다.
뿌리는 사방으로 뻗어나
외롭던 버그들을 불러 모은다.

너의 속을 함부로 들여다보는 것은 아니지만
나는 매일 작별 인사를 하듯,
편지 보관함에 들어가 수신 확인을 한다.
전해지지 않은 말들과
소통하고자 하는 마음은
불립 문자를 만들었다.

기억의 뿌리는 사방으로 뻗어 가고
부패한 시간은 생장점을 만든다.
마음이 웹의 토양을 뚫고 움트는 사이
비로소 우리의 관계에 모죽이 자라난다.

바나나를 먹으며

친구와 바나나를 먹다가
무심코 던진 화두에
한참을 실없이 웃는다.
친구가 웃음을 참지 못하며
이게 다 나이 탓이라고 한다.

그래도 웃음을 멈추지 못해
웃음의 겉면을 바나나 껍질처럼 벗긴다.
껍질 안 풋내가 나는 나의 서른일곱.
나는 웃으며 이십 대를 보냈다.
나는 웃음을 닮은 삼십 대를 보냈다.
그러므로 우는 법을 잊은 채 노란 바나나를 쥐고 있는 아이처럼
천진난만하게 껍질을 벗기고 있는 것이다.
결을 따라 쉽게 찢어지는 나이의 껍질
서른일곱이라는 희뿌연 속살을 본다.
모든 것이 달콤했으나 모든 것을 부정하게 되는 과육
크게 한입 베어 물지만 아직도 그 맛을 모르겠다.

도시, 빛, 간판

밤이 되면 옷을 벗는 도시는
감광액에 고여 있는 젊음을 닮았다.
비 그친 도시의 밤,
갓길에 빗물은 고여 있고
그 안으로 하나둘 모여드는 빛 간판들.

이따금 힘 풀린 타이어가
검은 물목을 망가뜨려도
재빨리 제 모습을 찾는 인화지.

비 그친 공중에 젖은 꿈을 말리며
빗물에 비친 내 모습을 본다.
밤이 되면 옷을 벗는 도시는
값싼 티셔츠를 걸치고 있는 나의 낮보다
화려하다.

통굽 샌들

지하상가 신발 가게에서
싸구려 통굽 샌들을 샀다.
내 낡은 슬리퍼를 공중화장실 휴지통에 버리고
진한 코르크 냄새가 나는 7센티미터의
굽 위로 올라섰다.

지상으로 나오니
봄날은 여전히 따스하고
거리에 사람은 많았다.
인파 사이를 걸으며
높아진다는 게 무엇인지 생각했다.
까치발을 들면 보이던 것들,
까치발 위에서 한 번 더 까치발을 하면
보이는 것들.

중국에서 건너온 굴참나무 껍질이
그 값싼 무게만큼 나를 지탱해 주는 건
고마운 일이다.

나는 잠시 7센티미터 높은 곳을 바라보며
일상에서의 공백을 느낀다.

높아진다는 건 무엇일까.
집에 도착하기 전에
이미 싸구려 통굽은 부러졌다.

우리는 실존주의 강의를 들었지

일 년 중 가장 따스했던 날
우리는 실존주의 강의를 들었지.
교정에 목련은 만발했고
학습의 목표는 실존이었어.
우리의 우상은 한결같이 카뮈였지만
우리에게 실존은
등록금 고지서에 인쇄된 우주의 크기였지.

배가 나온 교수는 수업을 시작하기 전에 늘
라테의 거품을 한입에 빨아들였고
목련은 너무나 빨리 지고 말았지.
우리가 강의실에서
실존을 찾아 헤매는 동안
우리 중 한 명은 실존의 밖으로 사라졌지.
증거 하나 남기지 않은 채 그는,
실존을 조롱한 거야.

건물의 옥상은 패자를 위해 늘 비어 있었고

우리는 인문학 저서를 덮어 버렸지.
꿈을 위해 꿈을 덮는
실존의 아이러니를 배웠지.

부산행 열차

부산에 도착할 때까지
이 책을 읽을 것이다.

문장으로 기억하고 싶은 속도가 있다.

산길로 터널로 들판으로
삶은 너무도 **빠르게** 변하는데
결국 시간의 목적지만을 향해
달려간다는 건 익숙한 슬픔이다.

작가의 손끝에서 오래 머물렀을 문장은
겹겹이 마음에 포개어진다.
긴 책의 마지막 페이지에 자백처럼 새겨진
행선지 이름 하나
그제야 열차는 안도하듯 제 속도를 멈추지만
열차에서 내리면 나는 누구에게
외로웠다 말할 수 있을까.

사람들이 다투듯이
부산에서 내리기 위해 줄을 선다.

통조림

네가 초인종을 누를 때마다
나는 얕은 방의 깊은 곳으로 발자국을 찍는다
네가 초인종을 누를 때마다
나는 밤의 비린 쪽 음영으로 눈물을 전송한다
나는 굽어진 세상에서 상하게 될 좁은 것들을 궁리한
다
그리하여 네가 초인종을 누를 때마다
정든 물건들을 내 발바닥에 싣는다, 떠날 채비를 한다
짠 물결이 곧 신호를 보내올 것이다

네가 초인종을 누를 때마다
이를테면 방바닥에 구멍을 뚫는다
아니, 나는 그저 내 구멍으로 들어가는 푸른 정어리다

존재할 수 있을까

인적이 닿지 않는 곳은
존재하지 않는 곳이라 말하고 싶다.
그러므로 그곳에 네 발걸음이 닿던 순간,
너 또한 존재하지 않는 사람이 되었다.

목숨 같던 회사를 관두고
목숨을 담보로 칸첸중가 봉우리를 꿈꾼다.
운이 좋아 그곳에 닿으면
눈 쌓인 공백을 밟게 될 것이다.

네가 없던 날들을 배낭에 꾸리며
마음은 이미 도시의 고산병을 앓아도
현실 속의 가장 비현실적인 봉우리를
만날 것이다.
존재하지 않는 삶의 한 순간을.

광화문에서 시청까지

그날 저녁
나는 광화문에서 시청까지 걸었다.
시위대와 경찰이 마주 보고 있었다.
긴장한 석양은 구름에 숨었고
임금이 드나들던 광화문은
주작의 꼬리를 감추는 데 급급했다.

광화문 길목을 지나다니는 사람들은
가던 길을 가는 사람들일 뿐이었다.
인파는 무감각한 파도처럼
쏟아져 들어가고 쏟아져 나왔다.
시청 방향으로 보이는 신문사 건물에는
복잡한 생각들의 현수막이 펄럭였다.

그날 밤, 나는 다시
시청에서 광화문까지 걸었다.
조명이 밝히는 밤거리에는
시위대도 경찰도 없었다.

거리는 내복까지 벗어던진 듯
홀가분해 보였다.
웅크리고 잠든 광화문 거리에는
구부러진 척추의 길이 흐르고 있었다.
뼈마디를 한 칸 한 칸 밟으며,
나는 그제야
서울의 알몸이 얼마나 앙상한지 보았다.

추상적인 여자

이른 새벽, 공원 연못가에 여자가 서 있다
짧게 문 담배 위에는
갈색 립스틱이 묻었다
여자는 말이 없다
부러진 하이힐
구멍 난 스타킹

여자가 붕어처럼 입술을 뻐끔거린다
여자의 꼭 쥔 오른손 사이로 붕어 밥이 흘러내린다
붕어 떼가 모여든다
붕어 떼가 여자를 보고 웃는다 잠시 동안
여자는 그것이 비웃음이라 생각한다
여자는 조롱의 밤을 지나왔다 충분히
조롱 받을 만하다고 여자는 느낀다 하지만
부러진 하이힐
구멍 난 스타킹
그리고 잘 기억나지 않는 남자

모여 있던 붕어 떼가 흩어진다
마지막 한 마리의 붕어가 여자를 떠나갈 때까지도
여자는 붕어를 용서할 수 없다 여전히
남자가 잘 기억나지 않는다
부러진 하이힐
절뚝거리며 걸어온 밤
여자는 추상적으로 말이 없다
여자의 추상적인 우울 속에 남자는 없다
여자는 없다

청동좌상

1.
일생을 난 가부좌였지
물정 모르는 여행객을 위해
두 손을 모으고 태어났지
그가 기꺼이 두 배의 값을 치르면
나는 그의 리빙룸에 디스플레이 되겠지
이그저틱
탱고가 시작되면 그는
오리엔탈 인사동 모험담을 늘어놓고
출렁이는 그의 와인은
가벼운 망상처럼 부서지겠지.

여전히 난 가부좌겠지
파티가 끝나면
그는 숨겨 둔 열한 번째 손가락을 꺼내어
나를 문지르겠지
세척제가 축축하게 내 몸에 잦아들고
그는 말을 걸겠지

마치 날 잘 알고 있는 것처럼
뽀독뽀독 나를 닦지만 내 등에 핀
은밀한 곰팡이를 그는 끝내 모르겠지

2.
너는 습관처럼
나에게 흘러드는 행인
나를 보고 하늘을 보고
내 눈에서 가뭇없이 란타우섬의
청동좌상을 들여다보며
심연의 강에 물수제비 뜨는
걸인, 쇼윈도 밖에서
오랫동안 날 바라보았지
한 번도 춰 보지 못한
탱고, 한 번도 마셔 보지 못한
와인에 대한 상상을 끝낼 때까지

물정 모르는 여행객이

기꺼이 두 배의 값을 치르는 동안
네 호주머니에는 지폐 대신
옮겨 적지 못한 쉼표들이 가득하겠지
가 보지는 않았지만 알 것만 같아
탱고가 흐르는 리빙룸 바다 건너
일생을 난 가부좌겠지 두 손을 모으고
그때서야 너를 생각하겠지

바다는 나에게

창을 열면 쉬이 펼쳐지는 풍경이 있고
해답의 길을 열어 주는 빈 배 한 척
마음에 들어와 닻을 내릴 때쯤,
서너 시간 운전을 하면 바다에 닿을 수 있지.
백사장에 맨다리를 펴고 앉으면
어제 쓴 일기를 닮은 축축한 소리.
눈을 감으면 이유 없이 아파 오기에,
바다는 실체 없는 고통이라 기록한다.
매일매일 죄의식을 일깨워 주는 포구를 싣고
다시 서울을 향해 운전하며.

구멍 난 풍경

그는 내 구멍을 오래 쳐다보고
나는 그에게 없는 구멍을 오래 쳐다본다

내 구멍에 너를 덧대고 싶어?

밤이면 깨진 사금파리 별을 달고 그가 찾아온다

사방이 열려 있으면서도 시멘트 담보다 견고하게 막힌
사막
　몸의 풍경에서 귀의 풍경을 오려 내듯 그는 모래 언덕
마다
　제 쓸쓸함을 열어 내게 보인다

나에게도 구멍 하나 만들어 줄래?

내가 더 뚫을 곳이 없는 구멍 그 자체로 변하는 동안
그에게는 여전히 구멍이 없다
그는 내 구멍을 통해 풍경을 바라보는 것이다

그의 배면에는 온통 어둠뿐이다

그러므로 나는 오래도록 그를 바라본다

형광색 잠바를 입고 있어서 괜찮아

그날 동생은 개구리를 죽이고
나는 돌로 풀을 빻았다.
우리는 개울을 따라 걷고 있었다.
개울의 끝이 궁금했다.
뒤엉킨 나뭇가지 촘촘한 침엽수 밑으로
어둠이 한발 먼저 찾아들었다.
누나 엄마가 우리를 찾으면 어떡하지?
형광색 잠바를 입고 있어서 괜찮아.

비가 내렸고
개울은 큰 입을 벌리며 하품을 했지만
우리를 삼키지 않았다.
집에서 가장 먼 곳으로 가더라도
형광색 잠바를 입고 있어서 괜찮아.

동생이 앞장서 걸었다.
누구도 우리를 찾지 못하는 곳이 궁금했다.
개울이 배고플 때 관대하지 않았으면 좋겠어.

아빠가 반찬 투정을 하며 돈가스를 먹을 때 두려웠어.
엄마의 시끄러운 청소기가 나를 삼킬까 봐 두려웠어.
누나 형광색 잠바를 입고 있어서 괜찮아?

나는 동생 몰래 형광색 잠바를 벗었다.
개울은 나를 무심히 바라보았다.
개울의 끝은 집이었다.

접속

    나는 탄탈로스의 굶주림을 닮은 곳으로 접속할 것이다. 아편굴처럼 흰 접속의 동굴에서 내 눈이 지워질 때까지 연기를 피워 올릴 것이다. 필생의 익명을 얻고 싶다. 배가 고파 손톱이 사나워지기 전까지는 단 한 번의 해킹도 시도하지 않을 것이다. 아이디를 사기 위해 습관처럼 편의점에 들르지도 않을 것이다. 캔을 따고, 맥주 거품을 입술로 헤집어 아물어 가는 접속의 흔적을 찾지도 않을 것이다. 오래전 잃어버린 몽상을 미행하는 일도 너와 스쳐 갔던 일순의 일순간을 주소 창에 찍는 일도 없을 것이다. 줄곧 자라나던 내 속눈썹이 데시벨을 휘감을 때쯤 찬바람은 경쾌한 바이러스를 몰고 올 것이다. 패스워드가 사라지고 로그아웃을 할 수 없는 자멸의 접속으로 걸어갈 것이다.

가방

가방 없이 외출해 본 적이 없다
늘 많은 것들을 지고 다녔다
책임의 무게만큼 어깨가 짓눌려 있었다
구겨진 서류 봉투, 낡은 가죽 지갑, 손때 묻은 파우치
혼자 있는 거리마다 나는 가방과 함께였다

사람을 만날 때면
어깨에 들추어 멘 가방의 존재를 잊어버리곤 했지만
가방 속에는 늘 모호한 문장 몇 개가 갇혀 있었다
공중화장실 깨진 거울 앞에서 가방은 쉽게 열리고
번진 마스카라, 번들거리는 피부를 감쪽같이
고쳐 내곤 했지만
누군가에게 쉽게
가방을 열어 보일 일은 없었다

가방의 내면은 늘 제자리였다
잃어버린 사람과 다가온 사람
흘리지 못한 눈물이 늘 나와 함께하는 것처럼,

내내 메마르지 않는 가방의 물목
그 가장 깊은 곳에는
빈 공책 한 권과 옮겨 적지 못한 문장이
힘겹게 숨 쉬고 있다

바람의 깊이

알 수 없는 죄책감을 안고
책상에 앉아 있다.
배는 가라앉았고
오늘 도시는
태풍에 잠겼다.

백지에 쓰는 한 줄 자백이
나를 이 도시의 수감에서
풀어 줄 수 있을까.
바람은 제 몸이 부서져라
보이는 모든 것을 흔들어 놓는다.
죄인은 입을 열어라!
굳게 닫힌 창문처럼
나는 끝내 입을 꾹 닫고 있다.

펜이 어디까지 버틸 수 있을까
떨리는 손이 백지 위로 떨어진다.
바람의 고문을 받으며 오늘 밤,

무엇을 쓸 것인가.

희생 번트

홈으로 들어오는 것은 포기한 지 오래.
1루로 가기 위해 이력서를 쓴다.
내가 꿈꾸는 것보다 낮은 가치를 위해
더그아웃에서 오랫동안 기다렸다.

나는 배트를 잡고 관중을 바라본다.
기대하는 눈빛과 포기한 눈빛이 뒤섞여 있다.
그들은 내가 더 이상 젊지 않다는 걸 알고 있다.
바람이 보내는 복잡한 사인은
더 이상 상승하지 못한 외국어 스코어.
나는 아무런 전략도 없이
몇 줄로 요약된 마음의 그라운드를 본다.

초점 없이 날아오는 공을
아무런 계산 없이 밀어내 보자.
공이 비현실적인 각도로 꺾인다거나
1루로 진입하지 못한다 해도.

불가피한 직유와 상투적 결말

키보드는 고장 났다
한반도를 한번도라고 인식하고
한번도를 한 번 더라고 타전하는
서른 살의 오류는 무엇인가
힌트는 잉여 혹은 결핍이다
내가 네 이름을 부를 때
내가 내 이름을 부르는 소리가 들리는 현상처럼
네가 풍선껌을 씹을 때
내 입술에서 풍선이 터지는 현상처럼

거인증을 앓는 너의 손가락과 골다공증을 앓는 나의
발가락이
합쳐진다
나의 이면이 너를 분만했다는 문장과 너의 산통을 내
가 입양했다는 문장은
합쳐진 뒤 기형의 시가 되었다

오류를 찾기엔 우리는 너무 지쳤고

우리는 너무 발칙하여 오류를 찾고 있다
코드 값은 잉여 데이터는 결핍
잉여도 결핍도 없는 바로 이 순간
서른 살의 이력서에 암호를 쓴다
"끝"

맨홀

어디에든 맨홀은 있다.
뚜껑은 단단하고
땅과의 경계는 매끈하다.
그 위를 지나다니는 신발 속에는
구멍을 모르는
매끄럽고 순진한 발바닥들.

누군가는 젊음의 크기만큼 경쾌하게
누군가는 삶의 무게만큼 묵직하게
맨홀을 밟는다.
맨홀은 속일수록 밟히고 밟힐수록 헐거워진다.

어디에든 맨홀은 있다.
맨홀에 빠져 본 사람을 찾기란 쉽다.
그들은 땅을 보고 걷는다.
다만 일상에 구멍이 있을 것이라고는
생각지 못하는 사람들이 문제다.
그 마음은 종종 맨홀에 빠져

아주 오랫동안 나오지 못한다.

불립 문자

책장에 손가락을 베였을 때
종이가 감추어 둔 혈관을 보았다.
종이 한 장 차이였던
그대의 있고 없음을
손끝의 상처에서 보았다.

엄지에 검지를 얹어 천천히
지혈을 하는 동안
인공호흡기는
종잇장 같은 그대의 몸을
부풀려 놓는다.
재생지처럼 가벼워진
등가죽과 뱃가죽 사이를
이제 나는 봉인하기로 한다.
자꾸 무엇을 품었다 내어놓는 것인지 알 수 없으나
얇은 그대 한 장
내 손가락을 스윽 베어 놓은 것으로 충분하다고,
문득 야윈 몸을 안았을 때

그 길었던 시간이 아물어 간다.

주민 센터

나는 당장
누구와도 싸울 수 있을 것처럼
눈을 사납게 부릅뜨고
주민 센터를 찾았다.

정확히 누구에게
화가 났는지도 모른 채
고함이라도 한 번 크게 질러야
풀릴 것 같은 기분으로
키보드를 두드리는
턱이 좁은 여 직원을
응시했다.

내 삶은
여 직원의 딱딱 부서지는 말투로
정리된다.
"정부의 지원금을 받을 수 없는 삶입니다."
주민 센터의 직원들은 재빠른 손으로

길게 설명된 인생들의
행과 연을 나누느라 바쁘다.

나는 내 삶을 시로 설명하기를 중단하며
여 직원의 책상에 놓인 선인장을 바라본다.
그것이 공중을 제 가시로 찌르는
자존심이 아주 센, 한 편의
시일지도 모른다고 생각한다.

여름이 왔다

여름이 왔다.
여름이 왔지만 나는
여름으로 들어갈 수 없었다.
봄이 끝났다.
봄은 끝났지만
쉽게 사라질 수 없었다.

봄은 여름을 쳐다볼 수 없을 만큼
만신창이였다.
누구의 잘못인지 따져 묻지도 않았다.
다만 너무나 미안해서
누구에게도
꽃의 자리를 내어 줄 수 없었다.

슬픔이 끝나기 전에 눈물이 멈추었고
계절이 바뀌기 전에
배는 완전히 가라앉았다.
우리는 그것을 인양해야 했다.

봄이 담장에 머리를 찧으며 자책했고
들장미는 아무렇지 않게 피어났다.
여름이 왔다.

손가락

문틈에 검지가 끼었다.
낀 채 문이 닫혔다.
손가락은 잘리지 않기 위해 애쓴 흔적으로
붉은 멍 하나를 간직하게 되었다.

붉은 멍은 누군가가 함부로 닫은
문에서 시작되었다.
나는 그 문을 닫은 사람을
나름의 비판 정신으로 비판해 보기도 했지만
결국 내가 오롯이 아파 내어야 한다는
책임감에 사로잡힌다.

멍은 곧 검게 변한다.
멍은 밖으로 **빠져나오지** 못한 채
내 속내를 헤엄친다.
손가락은 부풀고
고통은 내면으로 끝없이 팽창한다.

부푼 손가락이 문득문득
문의 기억을 스칠 때
부르르 몸을 떤다. 견딜 수 없이 원망스러워서
사납게 눈을 뜨거나
입술을 깨물어 본다.

그러다 보면 멍의 시간이 흐른다.
멍이 통점을 잃어 살결의 무늬가 되었을 때
손가락은 손톱을 잃고
그제야 가장 불쌍한 모습이 되었다.

詩

그의 손에는
종이 한 장이 들려 있었다.
그는 문장 첫 줄을 읊기 위해
입을 열었다.

그 행동은 뭔가 어려워 보였다.
힘없고 가느다란 음성이 흘러나오기 전,
그의 목울대는 잠시
머뭇거리는 듯 떨리다가 이내
행간처럼 깊이 파였다.

시는 시작되지 않았지만
내 목구멍이 뜨거워졌다.
나는 그때
시에 대한 하나의 질문을
던졌다.

댕댕댕

잠드는 법을 찾지 못한 사람도
때로는 잠드는 게 무섭다.
나는 목 마취제를 삼켰고
간호사들이 분주하게 움직였다.
한 간호사는 내 입에 호스를 꽂았다.
한 간호사는 누워 있는 자세를 고쳐 주었다.
한 간호사는 혈관을 찔렀다.
한 간호사는 의사에게 내시경을 건넸다.

주삿바늘로 약이 들어가자
귀에서 댕댕댕 소리가 들렸다.
눈꺼풀이 감겼지만
마음은 끝내 잠들지 못했다.

눈을 떴을 때
아편굴 같은 회복실에는
잠자는 법을 알게 된 사람들이 누워 있었다.
약에 반쯤 취한 여인은 눈을 크게 뜨고

허공에 무엇인가 이야기하고 있었다.
그 소리가 댕댕댕 울려 퍼졌다.

덜 깬 정신으로 생각하고
생각하다 잠들기를 반복하다가
하얀 프로포폴과 검은 불면증을 마주 보았다.

장갑

서울에 도착하니
무언가 허전하다.
곰곰이 생각해 보니
철원에 장갑을 두고 왔다.
장갑을 친절하게
택배 상자에 넣어 줄 사람은 없다.

한탄강은 얼었다.
모두들 철원을 탈출하고 싶어 한다.
어떻게 장갑을 찾지?
장갑을 데려오기 위해 다시 차에 시동을 건다.
나는 그깟 장갑쯤은 버릴 수 있다는
생각은 한 번도 해 본 적이 없다.
맨손으로 살아간다면
삶의 어느 한 부분이
미세하게 무너질 것이다.

장갑을 두고 왔다.

이 순간 장갑이 가장 필요한 곳은
철원이다.
나는 철원으로 향한다.
나는 맨손이다.

실루엣

꽃이 여러 번 죽는 동안
그는 그녀를 몰랐다
그는 꽃을 몰랐으므로
그녀의 배경에 놓인 싱싱한 어둠을 몰랐다

꽃이 목을 꺾는 동안
그는 옷장을 연다
상복은 아주 깊은 곳에 있다
저무는 하늘이 상복을 걸치자
이웃집 창문에 실루엣이 떠오른다
이웃은 불을 켜 놓은 채 집을 떠났다

마지막 버클을 채우고 그는 집을 나선다
검은 곳으로 스며들 준비는 끝났다
그가 대기로 흩어진 유언을 받아 적는 동안
그녀는 자기 집 욕실에서 중얼거린다
쓸쓸한 죽음은 불안한
연애를 닮았어

꽃이 여러 번 죽는 동안
그는 그녀에게 답장을 썼다
그는 그녀를 몰랐으므로 다만
봉투에 꽃의 실루엣을 그려 넣었다

손바닥

시가 안 써져 힘들어 하는 나에게
돌 지난 나의 아이가 손을 뻗는다
위로라도 하려는 듯 작은 손바닥을
내 이마에 시처럼 새겨 넣는다

올해에는
진해에 한발 늦게 도착했다
반쯤 져 버린 벚꽃들 사이로
막 걸음을 떼기 시작한 아이의 손을 잡고 걸었다
마음의 벚꽃을 잃어 가고 있다는 생각,
나는 어쩐지 그런 흔한 느낌에 사로잡혀
봄을 너무 쉽게 눈에 담아 버렸다
나 자신을 열렬히 사랑하던 봄날이
가고 있었다

길을 걸으며 아주 오랫동안
내 손을 꼭 쥐고 있는 아이, 그 손바닥이
막 떨어진 꽃잎처럼 따뜻했다

시는 한순간 불쑥 찾아왔다가
시간 밖으로 사라지는 것인지, 이제는
누군가를 열렬히 사랑하는 봄날이 오고 있었다

한 그릇

한 사람을 등지고 돌아온 날,
노곤한 양말을 아무렇게나 벗어 놓는다
부엌에 그림자처럼 스며들어 뒤주를 연다
오래 묵은 글자들을 한 바가지 퍼올리고
꼬들꼬들 헹궈 내어 밥을 안친다
행간은 따로 잘라 칼집을 내고
뜯어 온 문장에 또르르 말아
김 오른 찜통에 넣어 놓는다

작별의 시간이 저무는 시간,
오래도록 닫혀 있던 밤의 창문을 연다
안개의 분말을 눈물과 섞어
오래도록 찰지게 반죽을 하고
지나온 시간만큼 발효시킨 뒤
예열한 달빛 아래 엎어 놓는다

엉겨 있는 별빛을 한 숟갈 넣어
조물조물 손맛 더해 무쳐 내놓고,

한때의 웃음을 얇게 저미어
탁탁탁 날선 칼 가는 채 썰어
종지에 보기 좋게 담아 놓는다

한 사람을 등지고 먼 꿈길 걸어온 날,
먹어도 먹어도 허기진 마음에
시 한 그릇 푸짐하게 지어 올린다

화석

남자는 어깨에 여자의 이름을 새겼다.
여자는 팔목에 남자의 이름을 새겼다.

남녀는 서로를 흘림체처럼 껴안고 있다.
남자의 늘어진 티셔츠 밑에서 힘겹게 숨을 쉬던
여자의 이름이 여자를 찾아간다.
계절을 잃어버린 곤충처럼 여자의 팔목 위에 웅크린
남자의 이름이 남자를 찾아간다.

지속될 것 같던 계절은
시간을 따라 온도를 낮췄지만
서로를 흠집 낸 마음은 문신으로 남았다.
그들은 그것을 쉽게 내주지 못해
폼페이의 화석처럼 포개어 있다.

불어 터진 밤은 언제나 늦게

반지하 사무실
자장면은 아직 도착하지 않았다
한 달 치 노을을 월급으로 환산 받기 위해
서른 번째 노을 안에 매복해 있다
사장의 서랍이 밤마다 덜컹거리는 건
힘센 노을 덕분이라고 아내는 말한다
별거 중인 김 과장이 사장의 노을을 훔치다
값비싼 비아그라 한 알을 변상했다는 얘기가 있다

자장면은 아직 도착하지 않았다
복사기가 힘없이 노을을 예열하지만
토라진 아내의 목소리는 복사되지 않는다
고장 난 복사기를 들여다보던 의사가
위장약을 처방한다
복제하듯 자장면을 게워 내고
그것을 다시 먹는 법을 배운 적이 있다
자장면은 아직 도착하지 않았다
저마다의 책상에 어제 비운 자장면 그릇이 환하다

이 밥통들아,

사장의 서랍이 또다시 덜컹거리기 시작한다

꿈틀대는 서른 번째 노을을 사장의 서랍 속에 넣어 둔
다

그 누구의 자장면도 도착하지 않았다

불어 터진 밤은 언제나 늦게 배달된다

존재의 가능성

내 배 속에서 음표가 하나 자라기 시작했다
그 음표는 한 번도 연주되지 않았으므로
아직 존재한다고 말할 수는 없다

그러나 존재와 존재의 가능성 사이에 귀를 갖다 대면
음표의 심장 소리가 들린다
악보는 바다로부터 음표를 건져 올리는 어부의 그물을
닮았다.
나는 나 자신이 어부일지도 모른다고 생각한다.
해저에서 올라오는 선율의 입질을 기다리며 나는
존재하지 않는 존재에게 이유 없는 사랑을 느낀다

나는 내가 음표였던 순간을 완전히 잊어버리게 되었다
내 귓속에서 맴도는 음악은
한 아이의 울음소리를 닮았기 때문이다

버그

우리는 버그의 얼굴을 보지 못했지만
미치도록 등이 가렵다는 것쯤은 알고 있었다.
음핵에서부터 등을 타고 올라오는
뜨거운 버그들을 생각했다.
우리는 저마다의 프로토콜을 장전해
열망의 반대쪽 허공을 겨누었다.
버그를 향해서라면 늘 그 자세였다.
지난달 누군가가
죽은 버그를 낳았다는 소문은 꽤 그럴듯했다.
우리는 버그를 피해 각자의 아이피를 할당 받았다.
메신저에 숨어서도 버그를 떠올리며 피가 나도록 긁었
다.
데시벨로 두 눈을 박박 헹궈도 서로의 얼굴이 버그로
보이는
부적절한 서정.
이를테면 버그가 들어 있을지 모르니
두툼한 속주머니에서 손을 떼라는 경고 같은 것.
날 밝으면 불나방들의 시체가 확인되었다.

그러나 우리는 정말 버그의 얼굴을 보지 못했다.

사진

사진 속에는
웃고 있는 내가 있다.
어제의 순간이 사진 속에 담길 때
나는 어디까지 예감했었나.

오늘 감지된 진도 7.9의 지진
단단한 바닥은 갈라지고
벽에 걸어 둔 기억에는 금이 가고
집 곳곳을 밝히던 전등은 모두
그 빛을 잃었다.

내가 프레임에 담기는 순간
단단한 마음의 지면 아래
삶으로 올라올 진앙지가 선택되고
한순간 유적이 되어 버린 웃음.

그리하여
행복의 연속성을 잃고

어제의 내가 지금의 내가 내일의 내가
한자리에 모여 앉아 어색하게
서로를 무심히 바라보고 있던 그 느낌.

2루타

누구도 나에게 끝내는 법을 가르쳐 주지 않았다는 것
을
네가 2루타를 치던 그 순간에 깨달았다
장전된 침묵이 관중석을 터뜨리기 전에
내 안의 경기를 끝내고 싶었다

너는 배트를 쥐고 너에게 허락된 허공을 휘둘렀을 뿐
이다
따악— 정체 모를 경보음으로 모든 것을 설명할 수 있
을까
1루를 지나 패배할지도 모르는 곳으로
확장된 동공이 유격수 키를 넘어
그 어느 외야수도 잡지 못하는 공명이 될 때까지
뛸 수 있을까

한순간을 위해 상처받는 그라운드를 알고 있다
기쁘기 직전까지는 슬퍼해야 하는 곳
그러므로 네가 두 번째 베이스를 밟기 전에

나는 관중석을 떠날 것이다
목이 긴 담장을 등지고
송진 가루를 털어 내는 패전 투수처럼

누구도 내게 끝내는 법을 가르쳐 주지 않았기에
승리한 뒤 때 이른 패배가 찾아오곤 한다
오래도록 갈망하던 1루의 표지를 지우고
지금 너는 어디로 뛰어가는 걸까

P교수와 러브레터

P교수는 목련의 저작권이 자신에게 있다고 주장했다
학계에서 그것은 아주 간단한 문제였다
누구도 목련 나무의 자궁을 열어 보지 않았다

목련의 섬세한 솜씨로 P교수는 낭만을 얘기했다
우리는 목련의 추락을 배우기 전에 건물의 옥상을 연
상했고
강의실을 탈출한 몇몇 문학도들은 실존의 행간 밖으로
재빨리 사라졌다
학계에서 그것은 아주 상투적인 일이었다

어느 날 P교수는 내 전공책 위에 러브레터를 올려놓았
다
학계에서 그것은 아주 확실한 학문적 선행이었다
P교수가 나의 문장을 표절했지만 다행히 목련을 인용
하지는 않았다는 관점에서,
나는 표절에 대한 피학적 죗값으로 사연을 반납하는
징계를 받았다

누군가 나서서 굳이 러브레터의 출처를 밝힐 필요는
없었다
　어차피 P교수와 나는 학문 공동체였고 말하자면
　목련 나무의 자궁을 공유한 인류 공동체였기 때문이
다

　목련이 질 무렵, 그러니까 목련이 졌다는 맥락에서
　P교수는 목련의 저작권이 제 것이 아니라고 주장했다
　이윽고 여름이 왔다

서른 해

결국 비가 내린다
기억하지 않겠다는 뜻이다
그럴 땐 이름을 버리고 길을 나선다
버려진 내 이름으로 누군가 허기를 달래리라
우산을 들고 걷는다
웅덩이마다 첨벙이는 기억
감광액에 담긴 후 인화되는 발자국 몇 개

잊지 않기 위해
내 가장 순한 청춘을 암실에 말린다
젖은 말로 묘사할 수 없는 슬픔 같은 것을

우산을 버리고 버스를 타면
다시 나는 젖는다
몇 개 사막을 지나면서도 우산을 버리지 못하던 날들
언젠가 떠올릴 후회의 시편을 사막의 모래 위에 적으
며 그렇게
흠뻑 더럽고 싶던 20대를 끝냈다

버스는 우기의 종착지로 달려가고 있다

불확실성의 나비

나비의 날개는
데칼코마니처럼 조직적이지만
나비의 유충에는 불확실성의 우주가 흐른다.
나는 아직 깨어나지 못한 나비 유충
눈은 반쯤 뜬 채
사람들과 어깨를 부딪치며 걸어 다닌다.
생계의 무늬를 가지지 못한 채
주머니에는 구겨진 일당 몇만 원뿐.

모든 자유는 불확실성을 담보로 한다.
첫 날갯짓에서부터
바람에 몸을 맡길 수 있을 때까지.
"아줌마, 여기 소주 한 병이오."
밤이 되면 포장마차를 가득 메운 사람들.
할 말도 없이 마주 앉아
국수 한 그릇으로 허기진 마음을 채우다가 문득
영영 나비가 되지 못할 거라는 생각.
잔을 털어 내면

다시 보름달처럼 차오르는 술,
"힘들다고 말할 수 있을까요."
서로를 바라보는 눈 속에
날개의 우주가 흐른다.

64층

퇴근길 광장에는
돌아가는 길이 있고
돌아서 가는 길이 있다.
나는 빌딩이 수직으로 품고 있는
엘리베이터의 웜홀을 타고
64층의 둥근 소혹성으로 재빨리 올라간다.

천천히 삶을 공전하는 소혹성
그곳에서 내려다본 세상은
별과 어둠이 내리는 광장
나와 같은 종족들이
밀려들었다 밀려 나가는 바다.
누구의 삶이 더 크고 작건,
저마다 가방을 멘 어깨가
생계의 중력만큼 기울어 있지만
마치 "인생은 원래 그런 거야"라고 체념하듯,
표류하면서도
신호탄을 쏘지 않는다.

나는
주머니 속의 음표들을 차례로 만지며
맥주의 판타지에 젖어 보지만
결국 내 주머니의 모든 것을 지불하고
더욱 가난해진 마음으로
소혹성을 떠나야 한다는 걸 안다.

돌아서 돌아가는 퇴근길,
나는 수직의 웜홀로 하강해 다시
광장으로 표류한다.

누구든, 아무도

쓸쓸함을 핸드백에 구겨 넣고
가로수길을 걷는다.
너무 많은 사람이 함께 걷는
느낌이 든다.
행선지가 지워진 거리에서
이를테면 우리는
행군 같은 것을 한다.
한쪽으로 밀려갔다 한쪽으로 빠져나온다.

누군가는 노천 카페에서 랩톱을 켜고
누군가는 스트라이프 셔츠를 찾아
거리를 헤매지만
나는 어떤 모호함을 닮은
눈과 마주친다.
누구나 혼자지만
누구든 서로를 바라보는 거리.

자정 넘어 에스프레소를 주문하고

지폐 대신 쓸쓸한 웃음을 꺼내어 내밀어도

아무도

그것을 이상하게 여기지 않는다.

검은 고양이 초록 눈망울

밤길 어느 외진 골목길에서 보았더라면
걸음을 내뺐을 것 같은
그 사나운 눈매가
검은 승용차 밑으로 후다닥 숨는다.
호기심에 차 밑을 들여다보자
초록 눈망울이
타이어의 음영으로
다시 한 번 후다닥 숨는다.

숨은 곳에서도 숨을 곳을 찾는
그 마음이 왠지 남 일 같지 않아
자리를 피해 준다.

작은 아파트 단지가 소혹성의 중력으로
오전에 떠났던 사람들을 끌어당기는 오후
무엇인가 생각나 문득 뒤를 돌아본다.
눈동자의 경계가 사라진 어느 초록 눈망울이
존재하지 않는 곳 어딘가를 바라보듯

나를 바라보고 있다.

엉킨 낚싯줄을 풀어야 할까

밤이 깊고
생각이 보이지 않을 때마다
저수지에 찌를 던진다.
아무것도 기록할 것이 없는 시간은
그렇게 흐른다.

하찮은 움직임 하나 없는 수면처럼
삶에 아무 일도 일어나지 않았는데
낚싯줄은 엉켰다.
마치 가슴 한 귀퉁이가 엉킨 것처럼
저수지에 한 발 한 발 담그는 나의 그림자.

그럼에도 불구하고 모든 것이
엉망이라고만 말할 수 있을까.
엉킨 낚싯줄을 버려 두고 다시 삶으로
걸어가고자 하지만
이미 내가 벗어던진 그림자는
암흑과 한 몸이 되었다.

일기장은 비어 있다

일기장은 비어 있다.
많은 날들을 지나쳤다.
나는 익숙한 길로 걸어 다녔고
습관처럼 단골 상점에 들르곤 했지만
그 어디에도 나의 문장은 없었다.
서서히 찾아드는 어둠처럼
일기장 표지에 검은 지문들이 드리우고
공백은 망설임을 대신하곤 했다.

이제는 두려워서 열지 못하는
기록의 입구
써야 할 문장들이 매일
기억의 문을 두드리다 돌아가고,
나는 초조하게 문 앞을 서성거리다
또 한 페이지의 공백을
일상에 넘겨주었다.

모든 것의 시작과 끝이

일기장이라는 것을 알지만
가장 두려운 일은 늘
일기장을 펼치는 일이다.

아버지의 집

밀밭을 따라 이어진 초원의 끝
담쟁이가 핀 붉은 벽돌집.
그곳은 아버지의 집.

뿌연 안개의 도시 한가운데
햇살이 비켜 가는 고층 빌딩.
그곳은 나의 집.

아버지는 나의 주소지를 모르지만
나의 집에서는
아버지의 집이 내려다보인다.

나는 아버지의 집 반대편 방향으로 빨래를 넌다.
아버지의 집 반대편 방향으로 침대를 놓는다.
나의 아이는 아버지의 집 반대편 방향으로
쑥쑥 자라난다.

아이는 언제부턴가

나에게서 등을 돌린 채
집을 짓는다.
아이는 자주 나를 바라보곤 하지만
나는 아이의 주소지를 모른다.

온기

태반의 동굴을 따라 세상으로 터져 나오는
축축한 울음소리

기억의 길을 거꾸로 걷다가 문득,
가장 오래된 비밀은 내 몸 속에 있다는 걸
알게 되었다

나 또한 한때 누군가의 몸에 묻혀
오랫동안 목격될 수 없는 존재였다는 걸 알게 될 때,
한 번도 목격되지 않은 사람이
시간의 시작과 공간의 끝을 묶어 놓는다

사라진 동굴

내가 소녀였을 때
내가 좋아하는 것은 모두
동굴에 넣어 두었다.
잘 말린 시 한 편, 하얀 안개 분말,
불량 식품 도장이 찍혀 있는 추억 한 봉지와
뜻 모를 마음 파편들.

그곳엔 항상 맑은 물이 흘렀지만
때 이른 가뭄이 찾아오면
내 입술은 바짝 말라붙었다.
나는 아프고,
아프지 않기를
반복하는 여인이 되었고
내 언어의 물줄기 위로,
몇 편의 시가 빈 병처럼 춤추다 사라졌다.

어느 날 한 아이가 동굴로 찾아와
나를 불러냈고

나는 알 수 없는 힘에 이끌려
동굴을 떠났다.

동굴이 몇백 년의 시간만큼 마모되었다는
소문은 들었지만
나는 비밀에 대한 기억 하나로
동굴을 찾아 나섰다.
한 손에는 횃불을 들고
다른 손으로 동굴의 입구를 봉합하며
스스로 잊힐 준비를 하는
노후한 여인이 된 것이다.

남아야 할 이유

그는
남아야 할 이유가 없기 때문에 떠났다.

겨우내 앞뜰을 지키던 들꽃에선 풋내가 났고
새의 그림자는
절벽 아래로 긴 포물선을 그렸다.

그래서 떠난 것이다.

'동굴'로 돌아가는 길

고봉준(문학평론가·경희대학교 후마니타스 칼리지 교수)

    황수아의 시를 읽으려면 시간으로 형성된 몇 겹의 지층
들 사이를 지나야 한다. 몇 겹의 시간들, 시간이라는 이
름의 그 지층을 따라 흐르는 기억의 물줄기들이 조각들로
모여 만들어진 한 권의 시집, 그 속에는 이질적인 시간들
이 공존하고 있다. 황수아의 시에서 '시간'의 의미를 이해
하기 위해서는 잠시 시인의 삶의 이력을 살펴야 한다. 시
인은 1980년에 출생했고, 2008년에 등단했으며, 2017년
에 첫 시집을 출간한다. '시인'이라는 직함을 얻으면서 20
대 '청춘'의 경계를 넘었고, 30대의 막바지에 이르러 등단
9년 만에 첫 시집을 출간하기에 이른 셈이다. 그래서일까?
유년의 기억들로 채워진 여느 시인들의 첫 시집과 달리 황
수아의 첫 시집에는 '가족'이라는 세계와 불화한 유년의 기
억, '가난', '실존', '이별', '슬픔' 등으로 얼룩진 20대의 암울

한 시간들, 그리고 세속 도시에서 생활을 위해 발버둥 치다 불현듯 30대 중반을 맞이한 불안한 현존이 모자이크처럼 연결되어 있다. 실제로 황수아의 시편들 곳곳에는 젊음에 대한, 한 시절이 끝나 감에 대한, 특정한 시간대의 소멸에 대한 자의식이 흩뿌려져 있다. 시인은 등단작에서 서른을 맞이하는 자신의 생애를 "흠뻑 더럽고 싶던 20대를 끝냈다/버스는 우기의 종착지로 달려가고 있다"(「서른 해」)라고 종말의 수사로 표현하고 있다. 시간에 대한 이러한 종말 의식은 '서른 살' 이후에 쓴 작품에서도 "서른 살의 이력서에 암호를 쓴다/'끝'"(「불가피한 직유와 상투적 결말」)처럼 종언의 형식으로 발화되고 있다. 시인이 된다는 것, '시인-존재'로서의 출발은 텅 빈 라이터에 "있을 법한 불꽃을 숨겨 두던 젊은 날"(「불꽃」)의 '끝'과 동시적이다.

네가 초인종을 누를 때마다
나는 얕은 방의 깊은 곳으로 발자국을 찍는다
네가 초인종을 누를 때마다
나는 밤의 비린 쪽 음영으로 눈물을 전송한다
나는 굽어진 세상에서 상하게 될 좁은 것들을 궁리한다
그리하여 네가 초인종을 누를 때마다
정든 물건들을 내 발바닥에 싣는다, 떠날 채비를 한다
짠 물결이 곧 신호를 보내올 것이다

네가 초인종을 누를 때마다

이를테면 방바닥에 구멍을 뚫는다

아니, 나는 그저 내 구멍으로 들어가는 푸른 정어리다

　　　　　　　　　　　　　　　－「통조림」 전문

　등단작을 기준으로 말한다면, 황수아의 시 세계는 화
자가 '집'을 나가는 장면으로 시작된다. 화자는 '집'을 떠나
'방'으로 왔다. 20대 후반의 내면을 공간적인 메타포를 통
해 표현한 이 시에서 '방'은 화자의 현실적인 거주 공간이
자, 세상, 특히 '집'과 분리되어 존재하는 내면적 공간이다.
그런 까닭에 여기서의 '방'은 '집'의 동의어가 아니며, 부분
도 아니다. 시인의 등단작이 '방'을 배경으로 하고 있다는
사실, 특히 "그곳은 아버지의 집./……/나는 아버지의 집
반대편 방향으로 빨래를 넌다."(「아버지의 집」)처럼 아버지의
'집'과 '나'의 집을 명확하게 구별하거나, "누구도 우리를 찾
지 못하는 곳이 궁금했다."(「형광색 잠바를 입고 있어서 괜찮
아」)라는 명분을 앞세워 아빠의 "반찬 투정"과 엄마의 "시
끄러운 청소기"가 가리키는 '집'에서 탈출하는 장면을 고려
하면, 황수아의 시에서 '방'이 갖는 내밀성은 충분히 이해
할 수 있다. '가족=집'의 세계에서 벗어나려는 탈출에의 의
지는 "이름을 버리고 길을 나선다"(「서른 해」)처럼 '이름=가
족적 정체성'에 대한 부정으로 표현되기도 하고, "홈으로
들어오는 것은 포기한 지 오래./1루로 가기 위해 이력서를

쓴다."(『희생 번트』)처럼 '홈=집'으로의 귀환을 목표하지 않는 진루, 즉 세상으로의 탈출이라는 형식으로 변주되기도 한다. 한 가지 분명한 사실은 그것이 어떤 형식으로 표현되든 황수아의 초기작에서 화자는 '가족=집'의 세계에서 벗어나려는 욕망을 드러내고 있으며, 그 욕망의 공간적 귀착점 가운데 하나가 '방'이라는 공간이란 사실, 그리고 이 가출에의 의지가 글쓰기를 반대하는 가족과의 불화에서 시작되었으리라는 점이다.

그러나 '집'의 외부인 '방'은 화자에게 심리적 안정감을 가져다주지 못한다. 황수아의 시에서 '방'은 '집'의 바깥이기는 하지만, 세상의 침입으로부터 한 개인의 내면을 보호해 주는 내밀한 공간은 아니다. 오히려 화자는 예고 없이 출현하는 타인의 존재('초인종')에 당혹감을 감추지 못한다. "네가 초인종을 누를 때마다"라는 진술의 반복에서 '너'의 정체보다 중요한 것은 타인의 도래가 '반복'된다는 사실이고, 그때마다 화자가 극도로 예민한 반응을 보인다는 사실이다. 그것은 심리적 강박의 일종으로 보인다. 그렇다면 왜 화자는 자신의 공간인 '방'에서 정체를 알 수 없는 타인의 출현에 이토록 날 선 반응을 보이는 것일까? 추측건대 그것은 그녀가 가족들과 극도로 불화하면서 '방'에 머물고 있기 때문에, 즉 가족들의 반대를 무릅쓰고 지금의 생활을 이어 가고 있기 때문인 듯하다. 그럼에도 불구하고 그녀의 삶은 전혀 나아질 기미가 보이지 않는다. 이 불안감이 존재

감의 위축을 불러왔으니, 화자의 왜소해진 존재감은 "방바
닥에 구멍을 뚫는다/아니, 나는 그저 내 구멍으로 들어가
는 푸른 정어리다"(「통조림」)라는 진술처럼 자신을 '구멍'에
갇힌 '푸른 정어리'로 표현하는 장면에서 정점에 도달한다.

끓는점에 도달하자 주전자가 경적을 울린다
어느 쓸쓸한 플랫폼에 서듯
떠나가는 소리와 돌아오는 소리를 동시에 듣는다
한 잔의 끓는 물로 열차는 어디까지 달릴 수 있을까

끓는점과 식는 점 사이에 레일이 있다
그 레일 위로 열차가 다니던 시절, 난 항상
등을 구부리고 다녔다
곧은 뼈를 가진 사람이 갈 수 없는 굽은 도시를 생각하며
친구들은 대부분 뢴트겐행 열차를 탔다
되돌아온 친구는 바람을 벼려 손목을 그었지만
떠나거나 돌아오거나 어찌 됐든 우리는
서로에게 비겁자였다

주전자가 식는 동안
천천히 제 온도를 낮추는 젊음,
그 안에서 나는 너무 오랫동안 떠날 채비를 했다
김 서린 차창을 닫고

몸 밖으로 막 떠나가는 열차
그런 뒷모습을 더 이상 그리움이라 부르지 못할 것이다
　　　　　　　　　　　　　　　　　－「뢴트겐행 열차」 전문

　황수아의 작품들은 20대의 끝, 그러니까 청춘의 종언
에 관한 기억의 조각들로 채워져 있다. 이것들은 사라져
버린, 아니 지평선 너머로 아스라하게 사라지고 있는 '청
춘'에 대한 송가(頌歌)이자 그것의 죽음을 슬퍼하는 만가
(輓歌)다. 그 기억의 장면들 속에서 화자는 '학교' 대신 '복
잡한 커피의 맛'을 "가장 값싸게 구입할 수 있는 학문"(「값
싼 커피의 맛」)으로 선택하고, "우리에게 실존은/등록금 고
지서에 인쇄된 우주의 크기였지"(「우리는 실존주의 강의를 들
었지」)처럼 가난을 앓고 있다. '가난'은 "꿈을 위해 꿈을 덮
는/실존의 아이러니"를 알려 주고, 화자는 "1루로 가기 위
해 이력서"(「희생 번트」)를 쓰면서 불안한 날들을 보낸다. 그
청춘의 시간은 "결국 내가 오롯이 아파 내어야"(「손가락」)
하는 '멍의 시간'이니, 화자에게 '시'는 "젖은 말로 묘사할
수 없는 슬픔 같은 것"을 "웅덩이마다 첨벙이는 기억"(「서른
해」)의 '감광액'에 넣었다 말리는 행위와 다르지 않다.
　인용시의 화자는 끓는점에 도달한 주전자의 '경적' 소리
를 듣고 불현듯 "어느 쓸쓸한 플랫폼"을 떠올린다. 알다시
피 '플랫폼'은 열차, 즉 떠남과 돌아옴, 이별과 만남이 공존
하는 장소이다. 그렇다면 누가, 무엇이 떠나고 돌아온 것일

까? 화자에 따르면 '뢴트겐행 열차'를 타고 떠났던 친구들이다. "친구들은 대부분 뢴트겐행 열차를 탔다/되돌아온 친구는 바람을 벼려 손목을 그었지만/떠나거나 돌아오거나"(「뢴트겐행 열차」). 여기에서 '뢴트겐'은 "곧은 뼈를 가진 사람이 갈 수 없는 굽은 도시"다. '굽은 도시' 뢴트겐, 그리고 2연에 등장하는 '굽은'과 '곧은'의 대립은 화자가 '청춘=젊음'의 종언을 어떻게 감각했는가를 짐작하게 해 준다. "끓는점과 식는 점 사이"에 존재하는 레일, 그 레일 위로 열차가 달리던 시절에 화자는 "항상/등을 구부리고 다녔다". 이때의 '굽은'은 왜소한 존재감 또는 '청춘'이라는 단어와는 달리 "서로에게 비겁자"로 살아야 했던 시간을 의미한다. 그러므로 '굽은 도시'인 뢴트겐행 열차를 탔다는 것은 "주전자가 식는 동안/천천히 제 온도를 낮추는 젊음"이라는 표현이 암시하듯이 세상과 타협함으로써 상징적인 질서의 세계로 진입했다는 것을 의미한다. 시인에게 그 시간은 '그리움'이라는 단어로 설명할 수 없는, 누군가는 떠나고, '세상'에서 상처받은 또 누군가는 되돌아오는 시간인 것이다. 시인 또한 그 열차를 타고 '청춘'의 경계를 넘어 오랫동안 세상을 배회했다. 추측건대 그 배회의 시간은 결코 평온하지 않았던 듯하다. '청춘'의 시간을 벗어나, '시'의 세계를 떠나 살면서 시인은 "주머니에는 구겨진 일당 몇만 원"(「불확실성의 나비」), "생계의 중력비"(「64층」), "'정부의 지원금을 받을 수 없는 삶입니다.'"(「주민 센터」), "한 달 치 노을을 월급으로

117

환산 받기 위해/서른 번째 노을 안에 매복해 있다"(「불어
터진 밤은 언제나 늦게」)처럼 때로는 생계를 걱정해야 했고,
때로는 늦은 밤까지 노동에 시달려야 했다. 시인에게 세상
은 "세렝게티"(「세렝게티의 노트」)로 경험된다.

　　그는 내 구멍을 오래 쳐다보고
　　나는 그에게 없는 구멍을 오래 쳐다본다

　　내 구멍에 너를 덧대고 싶어?

　　밤이면 깨진 사금파리 별을 달고 그가 찾아온다

　　사방이 열려 있으면서도 시멘트 담보다 견고하게 막힌 사
막
　　몸의 풍경에서 귀의 풍경을 오려 내듯 그는 모래 언덕마
다
　　제 쓸쓸함을 열어 내게 보인다

　　나에게도 구멍 하나 만들어 줄래?

　　내가 더 뚫을 곳이 없는 구멍 그 자체로 변하는 동안
　　그에게는 여전히 구멍이 없다
　　그는 내 구멍을 통해 풍경을 바라보는 것이다

그의 배면에는 온통 어둠뿐이다

그러므로 나는 오래도록 그를 바라본다

                                        ―「구멍 난 풍경」 전문

　황수아의 시에서 모든 '관계'는 엇갈림/이별의 형식을 취하고 있다. 「잃어버린 문장」에서 '나'는 "라테의 음악이 흐르는 카페"에 있으나 '너'는 "쓰고 멀고 축축한 창밖"에 위치하고 있다. 「토네이도」에서 '카페'를 빠져나온 '나'와 '너'는 "서로 다른 돌풍 속으로 빨려 들"어 가고, 「모죽(毛竹)」에서 '너'는 "내가 보낸 이메일"을 오랫동안 읽지 않는다. 그녀의 시를 읽으면 종종 끝없이 두 갈래로 갈라지는 길이 연상되는 이유도 여기에 있다. 운명적인 이별, 엇갈림, 헤어짐…… 이 비극적인 사건들은 황수아의 시에서 한 번으로 종결되지 않는다. 끊임없이 갈라지는 길들, 이별하는 사람들의 이미지가 반복되어 시집 전체를 불가능한 만남에서 비롯되는 슬픔의 정념으로 물들인다. 하지만 이것들을 일상적인 사건의 재현으로 한정하지 말자. 때때로 시인은 이러한 '관계'의 부재 내지 이별을 "전해지지 않은 말들과/소통하고자 하는 마음은/불립 문자를 만들었다."(「모죽毛竹」)처럼 '시 쓰기'의 문제로 재전유한다. 가령 「잃어버린 문장」이 그렇다. 이 시에서 화자는 자신의 위치를 '카페(내부)'로 규정하는 반면 상대방, 즉 '너'의 위치를 '창밖(외부)'

으로 지정한다. 이것은 공간적 대립을 통해 기억과 망각의 문제, 즉 "기억의 뒷면 같은 실내의 공간"이나 "레테의 강으로 흘러가는 라테의 문장들"처럼 시 쓰기의 어려움을 토로한 것이다. 그리고 시 쓰기에 연관되는 기억과 망각의 문제는 "기억이 망각을 만들고 망각이 기억을 부를 때쯤/ 시를 쓰지 않으리"(「시를 쓰지 않으리」)라는 진술처럼 절필의 근거가 되기도 한다.

인용 시에서 '너'와 '나'의 관계는 조금 다르게 읽힌다. 화자의 진술을 요약하면 '나'에게는 '구멍'이 있지만 '너/그'에게는 '구멍'이 없다. 화자는 이 비대칭 관계를 "그는 내 구멍을 오래 쳐다보고/나는 그에게 없는 구멍을 오래 쳐다본다"라고 표현하지만, 실상 '구멍'의 존재와 부재가 이 관계의 핵심이다. 시의 후반부에 이르면 '나'는 "더 뚫을 곳이 없는 구멍 그 자체로 변"(「구멍 난 풍경」)한다. 그런데 왜 시인은 이 시의 제목에 '풍경'이라는 단어를 포함시켰을까? 그것은 3연, 즉 "밤이면 깨진 사금파리 별을 달고 그가 찾아온다"라는 진술과 관련이 있는 듯하다. 이러한 시적 장면은 두 가지 방식으로 읽을 수 있겠다. 이 장면을 창밖으로 어둠이 내리는 풍경으로 읽는 것이 그 하나라면, 「접속」, 「버그」, 「불가피한 직유와 상투적 결말」 등의 맥락에서 컴퓨터 화면으로 읽는 것이 다른 하나의 방식일 것이다. 특히 후자의 방식으로 읽을 때 "사방이 열려 있으면서도 시멘트 담보다 견고하게 막힌 사막"의 이미지가 한층 구체

적으로 읽힌다. 그렇다면 "내 구멍"과 "그에게 없는 구멍"의 관계란 컴퓨터의 화면을 응시하는 장면으로 이해할 수 있지 않을까. 이러한 해석의 모호함에도 불구하고 명확한 사실은 '그'가 "모래 언덕마다/제 쓸쓸함을 열어" 보여 주고, '나'는 "구멍 그 자체"로 변해 가고 있다는 점이다. 사정이 이러하다면 "나는 오래도록 그를 바라본다"라는 진술과 "알 수 없는 죄책감을 안고/책상에 앉아 있다."(「바람의 깊이」), "시가 안 써져 힘들어 하는 나"(「손바닥」), "밤이 깊고/생각이 보이지 않을 때마다/저수지에 찌를 던진다."(「엉킨 낚싯줄을 풀어야 할까」) 등과 겹쳐서 읽을 수도 있을 듯하다. 황수아의 시편들 곳곳에는 시인 특유의 자의식, "시에 대한 하나의 질문"(「詩」)은 물론 '시'를 쓰는 행위에 대한 근원적인 물음들이 함축되어 있다.

내가 소녀였을 때
내가 좋아하는 것은 모두
동굴에 넣어 두었다.
잘 말린 시 한 편, 하얀 안개 분말
불량 식품 도장이 찍혀 있는 추억 한 봉지와
뜻 모를 마음 파편들.

그곳엔 항상 맑은 물이 흘렀지만
때 이른 가뭄이 찾아오면

내 입술은 바짝 말라붙었다.

나는 아프고,

아프지 않기를

반복하는 여인이 되었고

내 언어의 물줄기 위로,

몇 편의 시가 빈 병처럼 춤추다 사라졌다.

어느 날 한 아이가 동굴로 찾아와

나를 불러냈고

나는 알 수 없는 힘에 이끌려

동굴을 떠났다.

동굴이 몇백 년의 시간만큼 마모되었다는

소문은 들었지만

나는 비밀에 대한 기억 하나로

동굴을 찾아 나섰다.

한 손에는 횃불을 들고

다른 손으로 동굴의 입구를 봉합하며

스스로 잊힐 준비를 하는

노후한 여인이 된 것이다.

　　　　　　　　　　　　　　　－「사라진 동굴」 전문

등단 9년 만에 첫 시집을 출간하는 데는 사연이 없지 않

을 것이다. 시집 곳곳에 표현되어 있는 시 쓰기의 어려움
과 시에 대한 자의식도 그 사연의 지류일 것이고, "태반의
동굴을 따라 세상으로 터져 나오는/축축한 울음소리"(「온
기」)나 "내 배 속에서 음표가 하나 자라기 시작했다"(「존재
의 가능성」)라는 말로 암시되는 출산/육아, 그리고 "목숨
같던 회사"(「존재할 수 있을까」), "반지하 사무실"(「불어 터진
밤은 언제나 늦게」), "퇴근길 광장"(「64층」) 등으로 암시되는
'생계의 중력'도 시인이 오랫동안 '시'의 가장자리를 배회하
게 만든 원인일 것이다. 한때는 '시'를 쓰기 위해 제 발로
'아버지의 집'(「아버지의 집」)을 나온 청춘이었으나, 어느 순
간부터 그녀는 '회사'를 그만두면 '존재할 수 있을까'를 고
민해야 하는 삶을 살아야 했다. 그리고 지금, '서른일곱'의
나이로 "나는 웃으며 이십 대를 보냈다./나는 웃음을 닮은
삼십 대를 보냈다./그러므로 우는 법을 잊은 채 노란 바나
나를 쥐고 있는 아이처럼/천진난만하게 껍질을 벗기고 있
는 것이다."(「바나나를 먹으며」)라고 지난 시절을 회고하고
있다. 하지만 회고가 증언하는 것은 회고의 대상, 즉 과거
가 아니라 현재이니 그것은 "사진 속에는/웃고 있는 내가
있다."(「사진」)라고 말할 때 사진 속의 '나'와 사진 속의 나
를 바라보고 있는 나가 동일하지 않은 것과 같은 이치다.

이번 시집에 실린 몇몇 시편들은 시인이 '시'로 되돌아온
계기를 포함하고 있다. 흥미롭게도 그 진술들의 대부분에
는 "시가 안 써져 힘들어 하는 나에게/돌 지난 나의 아이

가 손을 뻗는다"(「손바닥」), "어느 날 한 아이가 동굴로 찾아와/나를 불러냈고"(「사라진 동굴」) 등처럼 '아이'가 등장한다. 이 '아이'가 시인이 출산한 자녀임을 추측하기는 어렵지 않다. 요컨대 시인은 오랫동안 '시'에서 떠나 있다가 다시 '시'로 돌아온 것인데, 그녀의 떠남과 되돌아옴 모두에 '아이'가 개입하고 있다. 인용 시에 등장하는 기호인 '동굴'과 '아이'가 지시하는 것은 바로 이것이다. 황수아의 시에서 '구멍'은 주로 결핍의 기호로 사용되지만, '동굴'은 인간 존재의 내면, 은폐되어 드러나지 않는 개인의 내밀한 세계를 상징한다. '동굴'은 "내가 소녀였을 때/내가 좋아하는 것은 모두/동굴에 넣어 두었다."라는 진술에서처럼 한 개인이 배타적으로 소유하는 공간, 또는 개인의 은밀한 내면성을 의미한다. 이 '동굴'에 "시", "마음 파편들", "추억 한 봉지" 등이 보관되는 까닭도 여기에 있다. 그곳은 "그곳엔 항상 맑은 물"이 흐르는 곳이고, "언어의 물줄기"가 흘러나오는 문학의 기원이다. 그러던 어느 날 "한 아이가 동굴로 찾아와/나를 불러냈고/나는 알 수 없는 힘에 이끌려/동굴을 떠"나게 된다. 오랜 시간이 흐른 뒤 시인은 "비밀에 대한 기억"에 의지하여 다시 '동굴'을 찾아 나선다. 하지만 그녀가 '동굴'을 찾는 이유는 "동굴의 입구를 봉합"함으로써 자신의 존재가 세상에서 망각되기를 원하기 때문이다. 희미한 기억에 의지하여 '동굴'을 찾아 나선 시인의 이러한 모습에 '동굴'로 되돌아가려는 의지와 그 세계와 영원히 결별하려는 의지가 모순적인 방식으로 함께 포함되어 있음을 이해하기는 어렵지 않을 듯하다. 우리는 '망각'에 대한 강박이 이미-항상 '기억'에 대한 강박을 동반할 수밖에 없음을 알고 있다. 그리고 '아이'를 계기로 이 '기억'에의 의지가 '망각'에의 의지를 제압하고 생(生)의 에너지로 솟아오를 때 "길을 걸으며 아주 오랫동안/내 손을 꼭 쥐고 있는 아이/……/이제는/누군가를 열렬히 사랑하는 봄날이 오고 있었다"(「손바닥」)라는 구절이 탄생하게 된다.

시집을 펼쳐 들고 몇 페이지를 넘기면 「우리는 두 번쯤 만난 적이 있다」라는 작품이 눈에 들어온다. 이 작품은 시인의 최근작 가운데 하나다. 시는 "너는 가로수길을 세로로 걸었고/나는 세로수길을 가로로 걸었다."라는 진술로 시작된다. 시인은 '가로수길'이라는 지명에서 출발하여 '가로수길-세로수길', '세로-가로'의 언어적 관계에 '만남'과 '이별'이라는 사건적 의미를 부여하고 있다. 초기 시와 마찬가지로 여전히 시인은 만남과 헤어짐, 즉 이별이나 엇갈림의 운명에 대해 예민하게 반응하고 있다. 그런데 이 시는 '이별'을 이별/헤어짐 그 자체로 받아들이지 않고 "가로와 세로가 만나는 곳은 분명히 있다."처럼 '만남'에 대한 믿음으로 받아들인다. 여기에서 '만남'은 "만남을 약속한 적은 없지만/우리는 같은 상점 앞에 서 있었다."처럼 '우연'의 산물로 여겨지고, 그 '만남'은 다시 "그러므로 우리는 두 번쯤 헤어진 적이 있다."처럼 '헤어짐'으로 사유된다.

이러한 '만남'에 대한 믿음을 낙관주의라고 말할 수는 없지만, 모든 관계를 엇갈림/이별의 형식으로 노래하던 예전과는 분명히 달라진 모습이다. 이것을 '나이 탓', 그러니까 "서른일곱이라는 희뿌연 속살"(「바나나를 먹으며」) 때문이라고 말할 수야 없겠으나 '청춘' 특유의 불안감에서 벗어난 존재만이 발화할 수 있는 언어임은 분명해 보인다.

시인수첩 시인선 005
뢴트겐행 열차

ⓒ 황수아, 2017

초판 1쇄 인쇄 2017년 7월 20일
초판 1쇄 발행 2017년 7월 31일

지은이 | 황수아
발행인 | 강봉자·김은경

펴낸곳 | (주)문학수첩
주   소 | 경기도 파주시 회동길 192(문발동 513-10) 출판문화단지
전   화 | 031-955-4445(대표번호), 4500(편집부)
팩   스 | 031-955-4455
등   록 | 1991년 11월 27일 제16-482호

홈페이지 | www.moonhak.co.kr
블로그 | blog.naver.com/moonhak91
이메일 | moonhak@moonhak.co.kr

ISBN 978-89-8392-663-0 03810

「이 도서의 국립중앙도서관 출판예정도서목록(CIP)은 서지정보유통지원시스템
홈페이지(http://seoji.nl.go.kr)와 국가자료공동목록시스템(http://www.nl.go.kr/
kolisnet)에서 이용하실 수 있습니다.(CIP제어번호: CIP2017016790)」

• 파본은 구매처에서 바꾸어 드립니다.